未来のタチアオイへ

紫 圭子

思潮社

未来のタチアオイへ

紫 圭子

思潮社

未来のタチアオイへ

紫　圭子

目次

装幀　中島　浩

未来のタチアオイへ

春雷

陽の射す午後
千枚田のみえる道端
ちいさな黄緑の盛り上がりをみつけた
ふきのとうだ
新緑にはまだ早い山道に
新緑にさきがけて現れた
そっと手をのばして摘みとったそのとき
バリバリバリバリビビーン！

雷鳴が轟いた
ビビンと指に電流がはしった

ふきのとう
を
いくつもいくつも摘みとった

蕾の上の葉をめくると
ちいさな萌黄の花が集まって
いくつもいくつも雷太鼓をつくっていた
ゴロンタゴロゴロ
（かみなりをひきよせたのはこれだ

春雷

に
出くわしたふきのとう
天ぷら鍋の油のなかへ
ふきのとうを放つ
と
そこに雷が落ちてジュージューぷらぷらと泡だって
鍋をのぞくわたしも天ぷらになっていく
天ぷらになって泳ぎまくっているうちに
鍋をのぞく目に気づいたのだった

中空からはるかな声がする

この鍋は
地球鍋

ふきのとう
と
いっしょに
天ぷらになっていくわたし
天麩羅　天婦羅　ぷらぷら
地球鍋のなかを泳ぎながら
天雲を見る
身に染みこんだ地のぶあつい垢を口からジュワッと吐き
落とす

春雷

手筒花火、夜桜お七の

隣の兄ちゃんが
法被　地下足袋　ねじり鉢巻しめて
大声で叫ぶ
〈BGMは「夜桜お七」だ！

満開の夜桜匂う境内
水をかぶって兄ちゃんは気合いをいれた
火のついた巨大手筒花火を

両足踏ん張って
腰で抱きかかえると
シューシュー！と火の粉が天に舞い上がった
夜桜お七の歌が流れて
手筒花火は噴き上がる
ざわめくさくらのはなびらぬけとばし
シュシュシュ！
煙と火の粉は身体をつつむ
真っ赤に焼かれた天にわたしの眼も燃えて
兄ちゃんの髪に降った火の粉は
地から天へ天から地へ
あっちっち！

猛火

烈火
烈士
〈鳥居《とりい》強右衛門《すねえもん》みたいな烈士になれ！

星星とまざりあって火の粉と声が降ってくる
空いちめん
地いちめん
手筒に巻いた縄が渦巻いて
くちなわになってとんでいく
〈しめなわもくちなわだぞん　蛇だぞん　神さんの
〈お七が夜桜になって見とるじゃん！
〈お七がオレの手筒に入って花火になったぞん！

八百屋お七がわらっている

十七歳のきれいな火桜だ
花火、手筒、ドン！は
今宵の兄ちゃんのいのちだ
夜桜お七にせつなく血がたぎって
兄ちゃんは熱いのもわすれて両足踏ん張って
お七をあやす
〈火傷しても　ぐっとコラエロ！
〈ドン！と音がぬけて音がひっくり返るまで！

どっと降る火の粉
吹雪くはなびら
浴びて浴びて浴びて
あした
の

未来へぬける

＊夜桜お七　林あまり（歌人）作詞の演歌の題名。
＊手筒花火　愛知県豊橋市は手筒花火の発祥地。三河では神社に奉納する。
＊鳥居強右衛門（とりいすねえもん）　三河国宝飯郡（豊川市市田町）出身。「長篠の戦い」（新城市）のとき、武田軍の包囲から、命と引きかえに長篠城を救った足軽。

海を渡る

I

ピーッ　ピーッ
突然
ヒヨドリの大群が現れた
岬の低い山の向こうから
数百羽
の羽音

灯台の傍にいるわたしの真上を
ひとつながり
海へ
おおきな団子になって形を崩すと
するすると細長い紐になって旋回する
先頭は団子だ
後衛は紐になって
最後のヒヨドリが群れから少し離れると
先頭はくるりと向きを変えて
群れはまた山へもどってくる
後衛が先頭に合図したのだ
山の斜面をゆっくり旋回するヒヨドリの
羽が午前8時30分の太陽をうけて銀色に光っている
眩しい羽

全長28センチのちいさな体に陽をあびて
彼らは
伊良湖岬から志摩半島へ渡るのだ
二度、三度
団子になって海へ出ては急にもどってくる
上からおおきなハヤブサが狙っている

ヒヨドリは山の斜面から一気に海へ出た
団子になって紐になって敵の目をくらませて
海面すれすれにスピードを上げて飛んでいく
波の上を焦げ茶色のモザイク模様の塊がいく
遠く近く
神島が見える

（家の庭にきたヒヨドリも渡りの群れにいるだろうか

II

伊良湖岬
低い山の斜面に
蝶が現れた

蝶が
なぜ　ここに現れたのだろう

夢虫

てふてふ

わたしの頭上を越えていく

（あ　蝶蝶　アサギマダラだよ
（アサギマダラは２０００キロも飛ぶんだって
（ここから台湾へ飛んでいくんだって
（疲れたときは船に止まっていけるしね
（アサギマダラの鱗粉は波の上でも浮くんだよ
娘が言った

蝶が海を渡る

ヒヨドリの渡ったあとをアサギマダラが渡った

＊伊良湖岬　愛知県田原市、渥美半島の先端。渡り鳥の中継地。

しずく

しずくの音が響いた

リリーッ

眠っているみたいに
起きていた深夜
しずくの声が光った

頭のなかの葉脈が一点に集まって
目覚めているのに
目をつむっていたとき

一滴
凛と落ちる

落ちた先で
光の欠片は立ちあがって
渦を巻きながら
わたしの脳髄の羽につきささっていく

昨日の右脳の痛みが
しずくといっしょに溶けていく

くっきりと
翔んでいく半球の脳髄　右脳
脳のなかの北と南

南へ渡る鳥たちの気温分岐点
のようなものが
わたしの脳のなかにも仕組まれていたのか

渥美半島伊良湖岬からサシバの大群が渦巻きながら上昇気流
にのって南へ渡っていく　鹿児島経由で奄美大島から沖縄
石垣島まで渡っていく　傷ついて最終地まで翔べないサシバ
は宮古島の森で冬を越すらしい　豊橋から渥美半島に向かう
とき　わたしは伊良湖岬の上空を渦巻くサシバの大群を思う

寒さを感じたとき
右脳は
もやもやと痛みだす
そんなとき
ふいに
しずくの音が光って　響いて
右脳を
南へ
渡らせてくれたのだ

＊サシバはタカの一種でカラスほどの大きさ。

南港の太陽

光
に空間がふるえる
船を漕ぐひとの息の濃さを
わたしは眸《め》の底にすくいとる
波は陽に映えて黄金にゆれて
ちいさな光の音をたてている
空と海を分ける点描の
藍、桜島

空を染め渦巻き躍動する
太陽
あ
宇宙のあかい花
光の波が朱に空を駆けめぐる
空の渦が海に光を投げいれる
宙へつきぬけていく
わたしの渦を
はるかな空から輝く天使《ひと》がすくいとる

絵をゆく真昼
このすすき野で
わたしのからだをつきぬけるあかい風
の発信地をみあげる

太陽の渦から
はじける光の粒子たち
すきとおった音色のいのちたち
渦からとびたつものは
地を這う草々の果てまでを透明にする

岬から
サシバが翔びたつとき
群れて渦巻くのは群れて旋回するのは
渦のエネルギーに翼を乗せるためなんだ
翼を未知の時空へ羽搏かせて
若いサシバは海を渡るんだ

わたしの眸《め》は

絵の風景をつきぬけて
一瞬
サシバの
翼にかさなる

＊「カゴシマ南港の太陽」（徳永善伸油彩画）に触発された私の内的風景である。

動く絵

おおきくあけた
雲の口のなか
古代むらさきの朝焼けが射す
そのとき
ふいに海は動きだす
水平線は立神の位置にある
波が動くと
濃い青、黄緑、白い波頭が海底をゆさぶるのが透けて見える

海底と天空がひとつづきにひびきあってつながって
微粒子たちは発光している
動いている
ざぶーんと逆巻いて画面からこちら側へ押しよせる海水
あ、もう二階の部屋は水浸しだ
あわてて窓からベランダにでると
昼の陽は
わたくしのぬけでた影をつつんだ

一体なにが起きたのだろう　わたくしは陽光のなかに立ちつくす　不思議な懐かしさにとらわれて　Y・トクナガの絵の裏には〈いのちなる叫びのすさまじ奄美なる天地体して詩《ウタ》の湧きいで　コトバはここからでていくのです〉と記されていた　ベニヤ板の油彩画　裏いちめんに白い紙が貼られて題名ではなく

コトバが書かれていた　表の絵と裏のコトバがひびきあってい
た
わたくしに向かってきた海水は空や海や立神のなかに宿ってい
る悠久のいのちだったのだろう　コトバは絵となって逆る　言
霊は瞬間のいのちを動かす　瞬間は悠久のものだ　地球にすむ
一瞬のわたくしはその一瞬を超えるもうひとりのわたくしを孕
んでいる　宙も海も立神もアダンの木も棕櫚も個別化されては
いない絵　いきものはつながっている　宙と海はひとつづき
その逆巻きの清澄さが生命力となって描かれているものを動か
したのだ
見る
見られる
対峙するココロのあわいにも
物質　非物質を透過するプラズマのような現象は起きるのだ

わたくしの肉眼が霊眼をゆさぶって瞬間を突き破った　その瞬間が瞬間にあふれだした　水

二階のベランダで
陽を浴びていると
かすかな音楽がひびいてきた

手のなかが汗ばんできて
思わず
調和のひろがり
と呟く

耳

マキトーさんの耳は宇宙耳だ
ほっそりとした顔をはさんで
耳が外側へ渦巻いている
帽子の縁みたいにせりだしてみごとにまるい
マキトーさんの耳は
空気の振動をいち早くキャッチする

〈奄美の森に入るときはマキトーさんにくっついていくのが一番よ〉

ヒロコさんがゆったりとした口調で言った
〈マキトーさんにはハブの声が聴こえるんだから〉

そっとマキトーさんの顔を覗くと
耳といっしょにわらっている
わたしの耳を誘いこんでマキトーさんはひょいと空気をつかんだ
〈パッ、パッ〉
それはハブの気配の音
パッ、パッ、
ハブはニンゲンには聴こえない音を出して遊んでいる
〈マキトーさんが「そこにハブがいるよ」と言ってくるりと向きを変えたの〉
ヒロコさんがゆったりとした口調で言った

〈パッ、パッという音が聴こえるとハブがいるんだよ〉

ハブはマキトーさんがすきだから
ここにいるよってしらせているんだ

加計呂麻島からきて
ヒロコさんの森で珍しい植物や時計草を育てるマキトーさん

きっと
奄美には
ニンゲンやドウブツやハチュウルイの枠がぬける場所がある
そこでハブとマキトーさんはであったのだ

金粉が指に

五月の夜
ヒロコさんが言った
〈わたし、学生時代は社交ダンスの花形だったのよ〉
〈いまは森で植物や花を育てているの〉
〈あした森へいきましょう　森であなたの聲の詩を聴かせてね〉

森はヒロコさんの土地だった
水も流れていた

南の果実や珍しい植物
見晴らしがよく遠くに海が見える
海の近くにはアマンディ（奄美丘）がある

わたしは
木の下の大きな石の上に立った
後ろには遠くに海
前には横に散らばる友人たち
あ、と聲を放つと
木からかすかな音がした
なにかが背を撫でてくれている、そんな気がした

森の空気がゆれている

アマミコ
シニレク

天空からアマンディに降り立った男女の神に呼びかけた
内在律
聲が思いの頂点に達すると
奄美の古代が空間の波となってわたしの内に押し寄せた
アマミコ
シニレク

やがて
空間の波が引くと
聲も引いていく

そのとき
〈わたしの指に金粉が出てきた　見て！〉
いちばん年上のひとが眼を輝かせた
〈木のずっと上にキラキラしたものがいたよ〉
その場でみんな自分の手をひらいて叫んだ
〈あ、指にも手の平にも金粉が出てるよ〉
ヒロコさんもツルさんもマキトーさんもわたしも
みんな
金粉の出た指をひらいて見せる

金粉の出た手の平を
だいじに　だいじにつつみこんで
森を出た

そっと
両手をひらくと
金粉は消えていた

＊アマミコ（阿麻弥姑）、シニレク（志仁礼久）は、遥かな昔、人々を助けるために天空からアマンディ（奄美丘）に降り立ったという男女の神。

源氏車

黒い地あきの大島紬
白い糸が黒地とかさなって
かすかに銀ねずみの光沢を浮き上がらせる
柄のぼかし模様　日輪のような
牛車の輪を三つ置いた柄が飛び石みたいに浮かんで
その濃淡の距離がこころをひろげにくる

（源氏車の芯から八本骨の輻が放射状に円をささえているかたちです

でも八本骨の一つがぼかして消えているのでそこに接する円もみんな
欠けています

機を織るそのひとの眼の奥には夕陽が映っていた
機を織りながら
夕陽に車をかさねていたのだろう

この世の車争い
諸々の
六条御息所と葵の上の車たちを
欠けた顔氏車の模様の入り口から夕陽に吸いこませて
そのひととわたくしは
遥かな
轍の

水脈《みお》を手繰りよせている
手繰りよせては眺めている

黒い地あきの大島紬の
裏地は赤
袖を通すと
島唄がひびいてくる

南島の加那に

ヨーイ
うらとみ
ヨーイ　うらとみ加那
むちゃ加那　ヨーイ
ワカメの新芽が春の海にゆれているよ
アオサ海苔を採りにいこうよ

ヨーイ
加那の匂いたつ息をつつむ空気
十本のガジュマルの木を育てる家の
可憐なむちゃ加那よ
（なぜ、なぜあなたを無茶と呼ぶの？）
つつましやかでつよい美人のうらとみはあなたの母
あなたとうりふたつ

うつくしいむちゃ加那よ
嫉妬する女《むすめ》たちに
崖から
奄美の海へあなたを突き落とさせはしない
アオサ海苔を採りにいってはいけないよ
ヨーイ　むちゃ加那

あなたを死なせたくないよ
（あなたは死んで島唄に生きてワカメの新芽がゆれている）

むちゃ加那よ
もう　若者は近づけない
むちゃだ　むちゃだ　ヨーイ

アオサ海苔を両手で採っているのはだれだ

裏声

ガジュマルの林をぬけて
森のなかから海岸沿いに名瀬に着いた日
光さす五月の夕方
宿のおかみヒロコさんが島唄の名手ヒサコ先生を宇検村《うけんそん》から招いた
（ナマの島唄を聴いてほしかったの
私と奄美の友人は細長い木のお膳の前に座って
ヒサコ先生の蛇味線を眺めていた

むかしはニシキヘビの皮を張った蛇味線だったがいまは動物愛護でちがうものになったようだ　けれど名手の蛇味線はニシキヘビにちがいない　年季の入った音が響いてヒサコ先生の島唄が始まった艶やかで迫力のある声が立ち上がっては波に浮く舟のようにゆれていく　奄美諸島の伝説や事件を唄った島唄は独得の節回しに哀歓が滲んでいた　方言は解らなくても感情で私の内側が追いかけていく方言は解らなくても解るこころの波動を伝える島尾ミホの『奄美の伝説』*を読んだときと同じだった　あれは「うらとみ」の伝説だった　美人ゆえに女《むすめ》たちに崖から突き落とされたむちゃ加那　わが娘《こ》をさがしてその名を叫びながら海のなかへ消えていくうらとみ　可憐な中野律紀が唄う『むちゃ加那』のCDも奄美の友人からもらっている　律紀は高音の裏声が出ず　母と喜界島にあるむちゃ加那の墓標にお参りしたという　それから裏声が出るようになって　平成二年十五歳で民謡日本一になった

ヒサコ先生の声が高音の裏声でひっくりかえると急に哀しみが頂点
に達した
表の声より裏の声がより深い哀しみを含んでいることを知った日

木のお膳には
ミズイカの刺身　野草のてんぷら（蓬　長命草　茄子）つわぶき煮…
おかみさんとツルさんの手料理が並んだ

＊日本の伝説23『奄美の伝説』（島尾敏雄・島尾ミホ・田畑英勝）

泥大島

藤の花房がゆれて
蜂がもぐりこむたびに庭先にあまい匂いがただよう
（藤がこんなにあまいなんて
（桜は上品な白粉みたいにほのかに迫って匂うのに
匂いは微粒子の質によって変化するのだろう
藤のぐるりには桜も散っていて

〈宇治平等院の藤と桜〉
と題した泥染めの大島紬に身を通す　花は七色の糸で泥地に織りこまれ
何十年も着続けて裾裏は擦り切れそうになってもなお凜と立ちあがって
風を呼ぶ　大島をなでる風はその場その日の温度や湿度によって変化す
るので　わたくしの体温との微妙なみちゆきに咲く宇治平等院の藤と桜
は袖を通すまで　衣文掛けに支えられて　うっすらと花をしずめている

袖を通すと
泥の匂いがぐるりにただよう　京洗いした後も
(匂うでしょ
南島に向かって囁く
(あなたには匂いが分かるの？
そのひとは微笑みかえした

〈ティーチキの木と泥の力〉

と呟いてみる　奄美ではシャリンバイの木の一変種をティーチキと呼んだ　男たちが鉞でティーチキを切り倒す　細かく切り刻んだティーチキを大釜で煮出し　その液のなかへ生糸を入れると赤く染まってくる　赤い糸は　干して固めて　泥の田んぼへ運んだ　どろどろと糸を掻き混ぜて揉むと泥のなかの鉄塩が赤い糸をだんだん茶色に変えていく　糸は川で洗って干してまた大釜と泥田を往復しつづけた　十回も繰り返し　何日もかけて　男たちの汗が染めあげたティーチキの木の液と泥の鉄塩の色　女たちは微妙に変化した焦げ茶の糸を島の風のなかで織りつづけた

つるつるとすべる手触り　光沢
そのひとは泥糸のなかに七色の糸を浮き立たせた
藤の花房　桜吹雪
それらは内に隠れているが

陽のなかを歩くとき
ふいに輝きでてくるのだった

陽に染まる
大島紬
糸のひとすじひとすじに咲く花を
あんま（ばあ様）の花
と　わたくしは今も呼ぶ
あんまの変化《へんげ》した糸
藤と桜は
平等院を吹き飛ばし
あんまの内に咲くあかい花を
満開にする

*

白雲

真夜中
窓をあけてベランダにでる
頭上に白い雲が大きく楕円にひろがっていた
空は群青に冴え渡って
白い雲は
かたちをくずしながら呼吸している

(宇宙からきた巨大雪玉が大気に触れて白雲に変化し雨をふらせる

と言った科学者がいた

真夜中の白雲
眺める眼の淵で量感を増し
雲の縁はきらきらとゆれて
なにかが吹雪いた
はなびら
雲に宿るいのちの
水分だった

真昼
境内で満開の桜を見上げたとき
鈴の音がひびいてきた
鈴のなかの桜の昼が呼ばれて

わたくしの鳩尾をゆすった

そっと
足裏のはなびらを踏みしめて
真夜中の
あの白雲を追っていた

*

海を渡って百済へ　KUDARAへ

——韓成禮《ハンソンレ》に

アンニョンハセヨ
早朝
台風が樹木をなぎ倒した
ソウルの空
倒れた樹木を尻目に
雲突きぬけた太陽光線
眼と背にうけて
わたしたちは旅にでた

九月初めの陽気な旅に
歩くのではなく
走るのではなく
自動車の背に乗って
馬でこの道を走った古い時代へ
みんな古い時代の人になって
車という馬を駆って行く
古都へ
百済へ、ＫＵＤＡＲＡへ

〈百済の都へ行きましょう
〈千五百年前の都へ
〈万葉集の時代、百済と日本は兄弟でした
〈海を渡って行き来した古い時代

〈ここにはその痕跡が残っているわ
〈日本、中国、韓国はここ百済が取り持って
〈三国、三兄弟のように仲良く行き来したのです
〈日本から中国から百済へ

もうコトバが止まらない（日本語が止まらない
ハンさんは百済を愛している

〈わたし古代に日本へ行っているわ　そんな気がするの
〈わたし、古代の日本のこと、眼をつむるとすっと浮かんでくるの。不思議でしょ
〈わたし、今も日本の人と話している

ハ、ハンさん
あなたは千五百年前の女人にもどって

わたしと話す
わたしは
プヨへ行きたくて行きたくて
プヨ、プヨ、プヨ、扶余
と　呟いていたのだった
百済の都へ
プヨへ

明るい風
台風の去った後の
明るい空
真っ青
百済晴れだ

千五百年の時を耐えた五重の塔
定林寺址の
石の五重の塔にさわった
千五百年前のわたしが蘇ってくる
千五百年前の
あの日のわたしが
ハンさんと話している
西暦五三八年の春
定林寺の風に吹かれたわたし

奈良、法隆寺の百済観音像は背が高い
ハンさんの足はほっそりと長い
足の指の赤いペディキュア
あなたは

海を渡って何度も何度も
古代風を運んできた

西暦二〇一〇年、初秋
五人の日本人と一人の中国人は
川を巡る船でプヨの遺跡を辿った
あなたのチャーターした船で

プヨの滅びた日
三千人の
女人　子どもたち
崖から川へ
断崖から川へ飛びこんで散っていった
きょう

川は
台風の濁流を海へ流す
船上から
聳える崖を眺めて
手を握りあって祈ったわたしたち
見上げる断崖
ちいさな赤い花が咲いていた
その向こうに山寺が見えた

下船
険しい山道を断崖の傍の山寺へと登っていく
山寺の
山門をくぐると壁画が現れた
水は光って

壁画に描かれた日本人が船で百済の扶余を目指していた
定林寺へと
（ああ　今　わたしは古代の船の人と重なっている

緑の古都
川は源の湧き水から
海へ
支流を巻きこんで流れつづける
すべては流れ巡って再生する
海、ネ、
韓国語で海はネと言う
ネはYES、はい、の意味をもつ
ネ、海
ネ、はい

ネ、ネ、ネ、ネ、ネ…

　　　　はい、はい、はい、はい、はい…

ネ、海は明るい、ネ、はい

無限にひろがってゆく

海

*韓成禮　詩人、翻訳家、世宗サイバー大学兼任教授。

*プヨ（扶余）　錦江左岸にあり、百済後期の都泗沘が置かれた地。

未来のタチアオイへ

あのとき
ゆれているものがあったのだ

空間の渦と風のなかに　ひっそり糸を放って
七歳のわたしのなかでゆれていたもの
タチアオイの咲く湧き水のなかに
影をうつして
笑っていたわたしのなかの遺伝子たち

（シャニダールの谷でタチアオイやアザミの花束を胸に埋葬されたネアンデル
タール人の人骨が発掘された日　八万年前といわれた地層には花粉にまみれた
コトバが降っていた　そのとき七歳のわたしはタチアオイの薄紅色の花を髪に
さしてくるくるまわって踊っていた
ネアンデルタール人の遺伝子は途絶えていた
ずいぶん前に　わたしは「タチアオイ」の詩を書いた　湾岸戦争のとき　突然
思い出したのはイラク、シャニダールの洞窟だった…当時八万年前という地層
から発掘した花粉にまみれた人骨に微笑みかけるラルフ・ソレッキ　七歳のわ
たしは黒い塀と白壁の蔵にかこまれたタチアオイの咲く窪地の湧き水のほとり
でひとり隠れ遊んでいた）

今朝
窓をあけると

世界の渦のなかでタチアオイの花がゆれている

笑っているネアンデルタール人
わたしのなかにいる1パーセントから4パーセントの遺伝子たち
スヴァンテ・ペーボは言う
(その遺伝子は感染症に対して抵抗力を獲得する免疫の働きに影響する)

わたしたちの祖先はネアンデルタール人と共存していた
交配の記憶がわたしの遺伝子にも刻まれているのだ
シャニダールの谷で途絶えなかったネアンデルタール人の遺伝子
アルタイ山脈の麓の洞窟から吹いてくる青い風
遠い日のわたしが笑っている

七歳

湧き水の底でわたしを呼んでいた誰か
水に映ってわたしに微笑みかけていた誰か
未来のタチアオイを撫でていく誰か

昨日
コロナワクチンオミクロン株接種

わたしのなかのネアンデルタール人の遺伝子が騒いだ

＊スヴァンテ・ペーボ　二〇二二年度ノーベル医学生理学賞受賞。
四万年前の化石からネアンデルタール人のＤＮＡを解読。ヨーロッパやアジアの現代人のなかにネアンデルタール人由来の遺伝子が１パーセント～４パーセント残っていることをつきとめた。

鶴

つるひこ
というつくしい名の人が
深夜
長野県の山で望遠鏡を覗いている

空気が澄んできて
その極限を感じると
空気玉が見えるのだという

空気玉は湧いているのか
湧いてくるのか
澄んだ山の奥では
生きることは湧くことであるのかもしれない
星空に望遠鏡を向けていると
そっと
宇宙のこころに重なることができるのだ
三十代のころ四つの彗星を発見した　つる

わたしは十月はじめの午前四時の南天
を見ている
空気玉は湧いてきて割れるのだろうか
空気玉の割れるとき音は響くだろうか

そんなことを思いながら
二階のベランダから
シリウスを見ている
二重連星の
シリウスの裏にあるもうひとつの星のことをかんがえる
すると
ここが
ふいに仙境になる

鶴部――といふ
その美しい聚落《むら》は
この山腹の部落から尾根ひとつ越えた
いつさう高い山のふところに在る
＊

鶴部の小さな分教場のオルガンは　いまもゆったりと響きだす

南天を仰ぐと
鶴部の鶴のとび発ったあとに
空気玉の気配がする

＊つるひこ　木内鶴彦。彗星捜索家。
＊丸山薫詩集『仙境』より「鶴部《つるべ》」の冒頭。

花崖

――エミリ・ブロンテ２０５歳の誕生日に

波　風の波
エミリ・ジェイン・ブロンテの
髪のうねりが荒野を埋めつくす日
ひとすじ　ひとすじ
濃い栗色の反射鏡となった髪は
２０５年分の光波を独りの崖に映しだす
からだを回転軸にして
くるっ　くるっとまわると髪はねじり棒みたいに巻きついて

爪先から螺旋状にひろがって荒野を這う
205年のびつづけた髪のしなやかな波動
毛先は産声をあげて　もう　地から芽をだすころだ

エミリ
わたしの内なる眼は
この時空を裏返して光波となったあなたをまさぐる
何者をも見逃しはしない炎の眼で
あなたのほそい首から乳房の先へ
やわらかな腹から
血の匂いのする陰部へ
地中の深みへ突き刺さったエミリの髪
地中こそ天空を映す鏡
雲なき空の深みを

水なき地の深みをすすむとき
水分が時間の微粒子であったことを思い知るだろう
魂は水分を渡りきったところから照ってくるだろう
なぜなら　たいせつなものは水分にまもられているから
そうして　水分を超えたところに存在するからだ

この肉体の脳も
水に浮かぶ島
周囲を水にまもられて
水を超えたところで光る太陽だ
いつか陽の照らなくなった脳の入江に
わたしたちが時間と呼んだあのなつかしい角質が剝がれていくのを
光波は感知するだろう
そのとき

髪ののびる速度が
肉体時間であることに気づくのだ
肉体の時間がどれだけ進んだのか
髪は見える速度で表現する
切られた髪　切られた爪
の行き着く場所を封印して
わたしたちは涼しげに記憶と呼んだ
ほんとうは火傷するほど熱いのに…

死んだエミリの記憶の断片　髪
切られたエミリの髪
エミリの　いのちを
そっと　極細の三つ編みにして
極細のネックレスにして

姉シャーロットが首に巻いたとき
エミリの時間が燃えてシャーロットの喉を締めつけた
循環するネックレス
栗色の
火を吐くキャサリンの分身よ

あの日
S美術館の
展示ケースに入れられた髪
シャーロット・ブロンテが編んだヘアー・ネックレス
が突然わたしの首に巻きついてきた
若かったわたし
喉を焼いた
うれしくって

夢中で叫んだ
〈エミリ！〉
〈ケースにさわるな！〉
警備員のマッドドッグ
狂犬
男にむかって
エミリが
光波のひきがねを引く
ケースは
粉々に砕けて
捥がれた時間
がとび散った

2023年7月30日

205歳の夏
エミリの髪は
わたしの時間崖に逆巻いて
ヒース咲く
荒野の崖《クリフ》になる

＊エミリ・ブロンテ（一八一八～一八四八）小説『嵐が丘』と一九三篇の詩を残した。

未来《みらい》のタチアオイへ
著者　紫　圭子《むらさきけいこ》
発行者　小田啓之
発行所　株式会社思潮社
〒一六二－〇八四二　東京都新宿区市谷砂土原町三－十五
電話　〇三（五八〇五）七五〇一（営業）
〇三（三二六七）八一四一（編集）
印刷・製本　創栄図書印刷株式会社
発行日　二〇二五年三月三十日